孙子兵法

——

第七册

上海人民美术出版社
浙江人民美术出版社

目　录

谋攻篇 · 第七册 ───────────────────────

韩信一书平燕地 ………………………………………………… 1

齐臣宴上挫晋谋 ………………………………………………… 21

长孙晟离强合弱平突厥 ………………………………………… 41

高欢攻玉壁智尽力竭 …………………………………………… 83

陈泰不战屈姜维 ………………………………………………… 119

—— 原文

　　孙子曰：凡用兵之法，全国为上，破国次之；全军为上，破军次之；全旅为上，破旅次之；全卒为上，破卒次之；全伍为上，破伍次之。是故百战百胜，非善之善者也；不战而屈人之兵，善之善者也。

　　故上兵伐谋，其次伐交，其次伐兵，其下攻城。攻城之法，为不得已。修橹轒辒，具器械，三月而后成，距闉，又三月而后已。将不胜其忿而蚁附之，杀士三分之一，而城不拔者，此攻之灾也。故善用兵者，屈人之兵而非战也，拔人之城而非攻也，毁人之国而非久也，必以全争于天下，故兵不顿而利可全，此谋攻之法也。

　　故用兵之法：十则围之，五则攻之，倍则战之，敌则能分之，少则能守之，不若则能避之。故小敌之坚，大敌之擒也。

夫将者，国之辅也，辅周则国必强，辅隙则国必弱。

故君之所以患于军者三：不知军之不可以进而谓之进，不知军之不可以退而谓之退，是谓縻军。不知三军之事，而同三军之政，则军士惑矣。不知三军之权，而同三军之任，则军士疑矣。三军既惑且疑，则诸侯之难至矣，是谓乱军引胜。

故知胜有五：知可以战与不可以战者胜，识众寡之用者胜，上下同欲者胜，以虞待不虞者胜，将能而君不御者胜。此五者，知胜之道也。

故曰：知彼知己，百战不殆；不知彼而知己，一胜一负；不知彼不知己，每战必殆。

孙子说：战争的指导法则是，使敌人举国屈服是上策，击破敌国就次一等；使敌人全"军"降服是上策，击破敌人的"军"就次一等；使敌人全"旅"降服是上策，击破敌人的"旅"就次一等；使敌人全"卒"降服是上策，击破敌人的"卒"就次一等；使敌人全"伍"降服是上策，击破敌人的"伍"就次一等。因此，百战百胜，还不算是高明中最高明的；不经交战而能使敌人屈服，才算是高明中最高明的。

所以，上策是挫败敌人的战略方针，其次是挫败敌人的外交，再次是打败敌人的军队，下策就是攻打敌人的城池。攻城的办法是不得已的。制造攻城的大盾和轒辒，准备攻城的器械，几个月才能完成，构筑攻城的土山又要几个月才能竣工。将帅控制不住自己愤怒的情绪，驱使士卒像蚂蚁一样去爬梯攻城，结果士卒伤亡了三分之一，而城池依然未能攻克。这就是攻城带来的灾难。所以，善于用兵的人，使敌军屈服而不是靠硬打，攻占敌人的城堡而不是靠强攻，毁灭敌人的国家而不是靠久战。必须用全胜的战略争胜于天下，这样军队不致疲惫受挫，而胜利却能够圆满获得，这就是谋划进攻的法则。

因此，用兵的原则是，有十倍于敌的兵力就包围敌人，有五倍于敌的兵力就进攻敌人，有两倍于敌的兵力就努力战胜敌人，有与敌相等的兵力就要设法分散敌人，兵力少于敌人就要坚壁自守，实力弱于敌人就要避免决战。所以，弱小的军队假如固执坚守，就会成为强大敌人的俘虏。

将帅好比是国家的辅木，将帅对国家如能像辅车相依，尽职尽责，国家一定强盛；如果相依有隙，未能尽职，国家一定衰弱。

国君危害军事行动的情况有三种：不了解军队不可以前进而硬让军队前进，不了解军队不可以后退而硬让军队后退，这叫做束缚军队；不了解军队的内部事务，而去干预军队的行政，就会使得将士迷惑；不懂得军事上的权宜机变，而去干涉军队的指挥，就会使将士疑虑。军队既迷惑又疑虑，那么诸侯列国乘机进犯的灾难也就到来了。这就是所谓自乱其军，自取败亡。

预知胜利的情况有五种：知道可以打或不可以打的，能够胜利；懂得多兵与少兵不同用法的，能够胜利；全军上下意愿一致的，能够胜利；以己有备对敌无备的，能够胜利；将帅有指挥才能而君主不加牵制的，能够胜利。这五条，是预知胜利的方法。

所以说，既了解敌人，又了解自己，百战都不会有危险；不了解敌人但了解自己，或者胜利，或者失败；既不了解敌人，也不了解自己，那么每次用兵都会有危险。

内容提要

"谋攻"，意思就是运用谋略战胜敌人。孙子在本篇中集中论述了"全胜"的战略思想及其实现的方法和条件。

孙子认为，"百战百胜"并不是用兵的最佳方法，高明的战争指导者应该做到"不战而屈人之兵"，即不经过直接交战而使敌人完全屈服。这是孙子所孜孜不倦地追求的军事艺术的最理想境界，也是《孙子兵法》立足于战争，又超越于战争的魅力之所在。

孙子的"全胜"战略思想，包括政治和军事两个方面。在政治上，孙子主张通过"伐谋"、"伐交"的手段，使敌国完整地降服。在军事上，孙子提倡根据敌我兵力不同采取灵活正确的战术方针，迫使敌军完整地屈服。

为了实现"全胜"的目的，孙子主张协调处理好将帅与国君的关系，两者之间要做到辅车相依，紧密合作，并指出了君主愚妄干预军事活动的恶劣后果。同时孙子又从战争指导的角度，归纳提出了争取"全胜"的五个基本条件，并在篇末揭示了"知彼知己，百战不殆"这一著名军事规律，这一规律直至今天仍具有深远的启迪意义。

孙子兵法
SUN ZI BING FA

韩信一书平燕地

编文：赵秀英

绘画：丘　玮

原　文　不战而屈人之兵，善之善者也。

译　文　不经交战而能使敌人屈服，才算是高明中最高明的。

1. 汉高帝二年（公元前205年），楚汉两军在成皋、荥阳地区相持。为了阻遏项羽的攻势，刘邦采取正面坚守、两翼进攻的策略，命韩信率部分兵力，进攻黄河以北的割据势力。

2. 韩信仅以四个月的时间，灭魏破代，接着越过太行山，乘胜进击赵国。

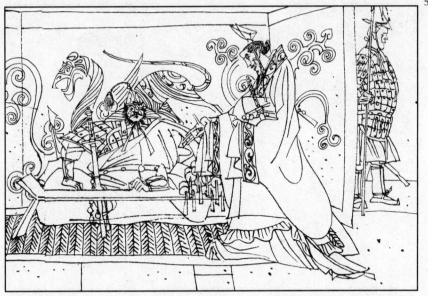

3. 赵国在井陉口（太行八陉之一）集结二十万大军，准备与汉军决战。谋臣李左车向主将陈馀献计道："汉军远道而来，军备定在后面。我愿领兵拦截其辎重，你坚守井陉，使汉军前不能战，后不得退，不出十日，必败无疑。"

4. 陈馀素有书生气，自称义兵不用诈谋，不采用李左车的计策。结果，绵蔓水一仗，赵军大败，陈馀被杀。

5. 韩信消灭了赵国，独不见谋士李左车。韩信发令，愿出千金重赏，一定要活捉李左车。

6. 数日后，果然有人将李左车逮住押来，众将士以为韩信定会将他处斩，岂料韩信一见李左车，竟亲自为他松绑。

7. 韩信请李左车上座，自己坐在下手，像学生对师长一般恭敬，虚心向他请教攻打燕地的策略。

8. 李左车推辞道："败军之将，不可以言勇，亡国之大夫，不可以图存。我是将军的俘虏，凭什么跟您共商军政大事呢？"

9. 韩信用百里奚帮助秦国称霸的故事劝李左车，说："您知道百里奚曾住虞国，但虞国被晋国消灭了。后来他到了秦国，秦国采用了他的策略，从此强大起来。"

10. 韩信接着说："今天，您就好像是百里奚。如果陈馀用了您的策略，只怕我早成了您的俘虏；因为陈馀不听您，我才有机会向您求教，请勿推辞。"

11. 李左车见韩信敬重自己，诚心求教，也就推心置腹地帮他分析当时的军事形势。

12. 李左车分析道："将军攻下了魏、代、赵等地，全军将士已疲劳不堪。而燕国固守城池，恐将军日久粮尽，切不可以己之短击人之长。"

13. 韩信认真地听着，插问道："依你看，该用何计？"李左车说："将军仅用半天时间击败赵军二十万，威震海内；如能安抚将士和赵国百姓，人心都会向着将军。所以，可派一使者去燕，晓以利害，不战就能使燕屈服了。"

14. 韩信连连点头说："好！就照你的意见办。"立即给燕王臧荼写信。

15. 韩信当即派一名能言善辩的使者去送信，信中阐明汉军的优势，分析燕国是战是降的利害关系。

16. 同时按李左车的计谋把军队陈列在燕国边境线上，摆出要进攻的姿态。

17. 燕王原已听说汉军强大，又见大军压境，十分恐慌。今有韩信派使者持信劝降，便同意归降。

18. 韩信不用一兵一卒,拿下了燕国,遂集中兵力攻击齐国去了。

齐臣宴上挫晋谋

编文：王素一

绘画：丁世弼 丁世傑 伯 轲

原　文　　上兵伐谋。

译　文　　上策是挫败敌人的战略方针。

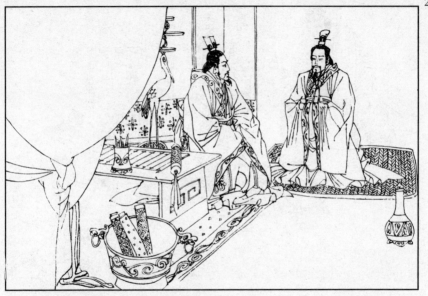

1. 齐国国君齐桓公，曾任用管仲等贤臣进行改革，成为春秋时期的第一霸主。齐桓公去世后，齐国渐渐衰落了。过了一百年，齐景公即位后重用晏婴等贤能，想恢复齐桓公时的霸业。

2. 为了使齐国富强起来，齐景公主张与邻邦结交友好，避免参与战争，稳定政局。在晏婴担任相国期间，朝政清明，法度不乱，群臣勇而有谋，兵力也日益雄厚了。

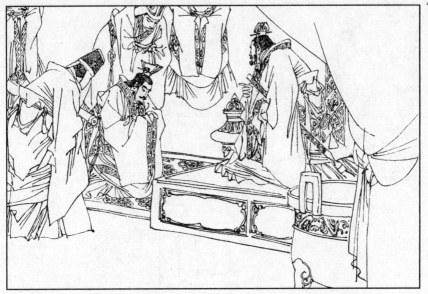

3. 齐国的日渐强盛，使晋国国君晋平公深为不安。晋平公想从征服齐国着手，稳固中原的霸主地位。如今能否击垮它，得派人去实地调查一番。于是就派大夫范昭出使齐国。

4. 范昭来到齐国，齐景公举行盛大宴会热情招待上国使者。宴会上，齐景公频频向范昭劝酒。范昭面露得意神色，摆出大国使臣的架子，找机会试探齐国的实力。

5. 范昭放肆地从政治、军事问到经济。齐国相国晏婴和其他大夫既不自炫，亦不自谦，介绍颇为得体，使范昭觉得齐国的国力确实相当强。

6. 接着，范昭对齐景公说："请把君王的酒杯借我一用。"齐景公立即
吩咐侍从："把我的酒杯斟满，为上国使者敬酒。"

7. 范昭端起齐景公的酒杯一饮而尽，得意洋洋地扫视着齐国群臣。侍从赶忙在他放下的杯子里斟酒。

8. 晏婴看着这个傲慢、虚浮的大国使臣，既愤慨，又蔑视，便对斟酒的侍从说："撤掉这个酒杯，给国君换一个干净的！"

9. 范昭一愣，觉着这个衣着朴素的大夫有点厉害，便一皱眉头，佯装喝醉了酒，站起身在宴前舞蹈起来。

10. 刚舞几下，又对乐师说："请给我奏一曲成周之乐，以助各位酒兴。"

11. 乐师早就对这个上国使臣看不入眼了。心想：成周之乐是专门供周天子用的乐曲，怎能给你伴奏？就推辞说："下臣无能，不会奏成周之乐。"

12. 范昭见齐国的臣子都如此难惹，便以喝多了酒为由，离席告辞，回
　　驿馆去了。

13. 齐景公见上国使者忿忿离去，颇感不安，对晏婴等人说："我国要与诸国友好交往，怎能触怒使者？倘引起冲突，岂非影响国内稳定？"

14. 晏婴胸有成竹，微笑着说："范昭并非不懂礼节。他今天当众羞辱我国君臣，是想试探我们的实力，所以臣等给他一些颜色看看，让他知趣。"

15. 乐师也接着说："成周之乐，是天子使用的。范昭只是个使臣，竟想用天子的音乐，我岂能在自己国君面前为他演奏？"

16. 晏婴和乐师的一番话，使齐景公心悦诚服。晏婴又接着说："估计明日范昭将向大王赔礼。我想请他再参观一番我国的军队……"景公表示同意。

17. 翌日，范昭果然来向齐景公赔礼了，说昨天酒醉失礼，请求宽宥。
然后，就由晏婴等大臣陪同去参观军营、街市……

18. 范昭弄清了齐国的虚实，回国后对晋平公说："齐国君臣同心，暂不可图。"晋平公于是放弃了征伐齐国的打算。

战 例　长孙晟离强合弱平突厥

编文：兵　者

绘画：陈运星　苏顺康　邵立青
　　　唐冬华　国　清

原　文　其次伐交。

译　文　其次是挫败敌人的外交。

1. 南北朝时期北周静帝大定元年（公元581年），周相国隋王杨坚以"受禅"为名，废周静帝为介公，自立为皇帝，建元开皇，改国号为隋，建立起隋王朝。

2. 隋建国之初，疆域狭小，仅有中原一带千余县，二千九百余万人口。长城以北和长江以南的广阔地域分别为强大的突厥和日趋没落的陈国所占据。杨坚遂"有并吞江南之志"，并多次与将帅讨论灭陈及对付突厥的方略。

3. 为尽快扩展版图，统一全国，杨坚遂于即位当年九月派左仆射高颎领
兵伐陈。这时，突厥乘机联合原北齐营州判史高宝宁犯隋边境，攻陷隋
临榆关（今山海关），准备大举南侵。

4. 杨坚被迫收兵北撤，屯兵于北部边疆以备突厥。他意识到强敌在北，如不先解除后顾之忧，不仅不能统一全国，且有失去根本的可能。于是就确定了先击突厥，后灭陈国的战略方针。

5. 突厥是北魏末年兴起于北方的游牧民族。由于拥有强大的骑兵，其根据地又在广漠无涯的草原，因此行动迅速，来去无常。往往奔袭掳掠，得手便走，避免决战，一般很难对付。

6. 隋开皇元年（公元581年）十二月，突厥佗钵可汗病死，其内部开始
争权。最后佗钵之侄摄图被拥为首领，号沙钵略可汗，建牙帐（可汗的
本营）于都斤山（今蒙古杭爱山）。

7. 这时，前朝北周的官吏、隋初任奉车都尉的长孙晟上书隋帝说："现在的沙钵略（摄图）可汗虽为突厥首领，但其叔侄兄弟达头（玷厥）、大逻便（阿波）、庵逻等人都号称可汗，分居四周，各统强兵……

8. "摄图可汗的弟弟处罗侯则管辖着东部的奚（今蒙古西拉木伦河流域）、霫（xí，今西拉木伦河以北地区）、契丹（今辽宁辽河上游一带）等地区，号称突利可汗。"

9. 长孙晟在奏折中还说："我曾经奉北周之命，护送千金公主去突厥完婚。突厥可汗对我的射术很欣赏，挽留我住了一年，让突厥的子弟贵人与我交友游乐，向我学习射箭技术。

10. "处罗侯甚得人心，却受沙钵略猜忌，便密托心腹，私下与我结成盟友，常与我一起游猎。当时我就暗暗观察山川地形、部众强弱等情况，默记在心里。

11. "又由于玷厥可汗的兵力比摄图强，而地位在摄图之下，因此他表面上与摄图平安相处，其实裂痕很明显。处罗侯富有心机而势力弱小，善于笼络人心又深为摄图所忌，虽然装作若无其事，内心对摄图却非常疑惧。

12. "大逻便可汗则摇摆于诸可汗之间，唯强是从，骑墙观望；但又很怕摄图并受其牵制。"

13. 长孙晟在奏折上建议说："突厥的确比较强大，现在讨伐它还不是时候。但其内部叔侄兄弟间貌合神离，我们应乘机远交而近攻，离强而合弱，使其首尾猜嫌，腹心离阻，从而自相削弱。

14. "这样，我们既可避开其军事实力，又达到削弱抑制它的目的，如此几年后再伺机讨伐，必可一举荡平其国。"杨坚看后大悦，立即召见长孙晟详细询问，并采纳了他的建议。

15. 于是派遣太仆元晖出伊吾（今新疆哈密），带着礼物去结好玷厥可汗。玷厥的使者来隋，便故意把他的位次排在摄图的使者之前，以拉拢玷厥，同时挑拨他们之间的关系。

16. 又任命长孙晟为车骑将军，出黄龙道（今辽宁朝阳），带着钱币去拜见奚、霫、契丹的部落首领，请他们带去见处罗侯，并在那里留下心腹，诱处罗侯归附隋朝。这两个势力较强的可汗被隋拉拢，有力地牵制了摄图。

17. 于是，突厥内部之间更加疑忌起来。摄图可汗不得不在自己领地左右两侧分兵守卫，以防其他可汗袭击。

18. 隋开皇二年（公元582年）五月，摄图以四十万人马侵入长城。十二月，深入到武威、天水、金城（今甘肃兰州）、延安一带。

19. 摄图还想往南侵袭，玷厥可汗却借故不从，撤兵回伊吾。

20.长孙晟乘机散布假消息：铁勒（分布于今蒙古北疆外东西两侧）等反叛，将袭击摄图牙帐。并通过摄图之子，传告摄图。摄图怕后方有失，慌忙回师塞外。

21. 隋开皇三年（公元583年），摄图又伙同大逻便入侵，但由于内部矛盾日益尖锐，且境内旱蝗灾害严重，最终只是数犯边境，而未能大兴甲兵。

22. 隋开皇三年（公元583年）四月，杨坚有鉴于建国以来三年准备，实力增强，人民同仇敌忾欲除突厥之患，而突厥经隋朝分化瓦解，实力已有所削弱，下令向突厥发起全面进攻。

23. 隋帝任命卫王杨爽为行军元帅，率二十万兵力向三个目标出击：河间王杨弘、夏州总管豆卢勣（jī）等部领步骑七万主力在河套地区打击摄图军；秦州总管窦荣定和幽州总管阴寿分别从左右两侧打击西面的大逻便和东面的高宝宁，配合主力行动。

24. 杨爽率军出发，在白道（今内蒙古呼和浩特西北）遇上摄图军。隋军总管李充率精骑五千，乘摄图不备，突然掩袭，大败突厥军。摄图丢弃金甲，潜行于草中逃生。其残部军中无粮，加以疾疫，死者甚众。

25. 东路阴寿率军向和龙（今辽宁朝阳）进攻，高宝宁弃城奔契丹，为部下所杀。隋军占领和龙地区。西路窦荣定军在高越原（今甘肃武威西北）屡败大逻便军。

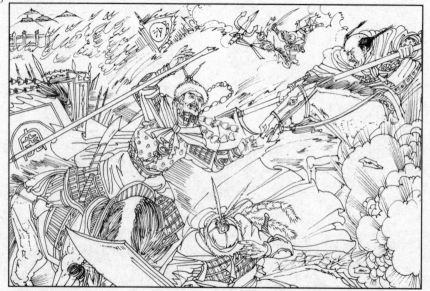

26. 此番隋军出击，重创了摄图军，使突厥统治集团内部因失败而互相责难，矛盾更为严重。隋朝便继续施展"离强合弱"的谋略，促使突厥连年自相攻杀。

27. 长孙晟乘机派人向大逻便说："摄图不仅将此次失败归罪于你，还将乘机实行他的原定计划，击灭你的北牙（大逻便的牙帐）。你应有所准备才是。"

28. 大逻便又派人来见长孙晟。长孙晟对他说："玷厥与隋结好，摄图就奈何他不得；大逻便如与隋帝结盟，力量就更强，还怕摄图怪罪和侮辱么？"那人回去向大逻便传话后，大逻便即与隋结盟。

29. 摄图听说大逻便又与隋结盟，十分恼怒。遂率兵袭击其牙帐，杀大逻便之母，夺走许多人畜。

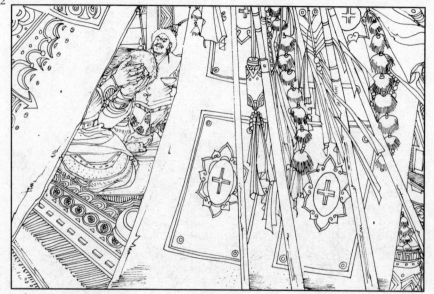

30. 大逻便归来无处落脚，便向西投奔玷厥。玷厥听说摄图如此作为，大怒，便让大逻便带兵向东杀回牙帐，其部落归附大逻便的有近十万骑。大逻便率骑攻摄图，屡战屡胜，收复了失地。

31. 此后双方互相攻杀不已，各自派遣使者到长安向隋请求援助，隋帝一概不允，使双方继续相攻，从而使其矛盾加深，力量进一步削弱。

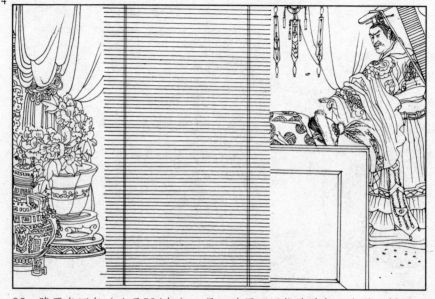

32. 隋开皇四年（公元584年）二月，玷厥可汗投降隋朝。九月，摄图可汗因数败于隋，也请和亲。千金公主自请改姓杨氏，为隋帝女，杨坚皆许之，并改封千金公主为大义公主。

33. 隋开皇五年（公元585年），摄图既为玷厥所困，又恐契丹袭其后方，便于七月遣使告急于隋，请将部落寄居漠南白道川（今内蒙古呼和浩特西北）。

34. 这时候，大逻便因得隋朝之助，逐渐强大起来，龟兹（今新疆库车一带）、铁勒、伊吾及西域诸部落都归附于他，号称"西突厥"，大有取代摄图而成为突厥新首领的趋势。

35. 因此，杨坚便答应摄图的请求，供给衣食、赐予车辆、服饰等物资，并派晋王杨广发兵援助。

36. 于是，摄图便有恃无恐，西击大逻便而破之。其时，阿拔国乘虚抢走摄图的家小。隋为此出击阿拔，追回摄图的家小，并将所获的战利品全部送给摄图。

37. 摄图感激不尽，便立约，垒沙石为界，上表说："大隋皇帝是我们真正的皇帝，从今以后，再不敢阻兵恃险、窃用名号，情愿屈膝叩首，永为藩附。"

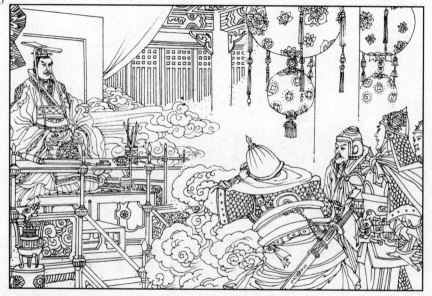

38. 这样，隋朝北部的威胁暂时消除，隋朝便可集中全力南灭陈国。平定突厥带来的如此有利局面，长孙晟的献策功不可没。

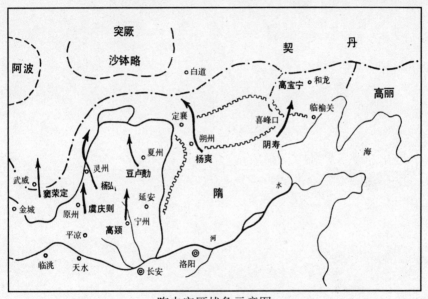

隋击突厥战争示意图

孙 子 兵 法
SUN ZI BING FA

高欢攻玉壁智尽力竭

编文：甘礼乐 刘辉良

绘画：桑麟康 肖 赵
小 康 阿 双

原　文　其下攻城。

译　文　下策就是攻打敌人的城池。

1. 南北朝后期，鲜卑族拓跋氏建立的北魏政权，分裂为东、西二魏，东魏由丞相高欢控制，西魏由丞相宇文泰控制，双方争战不休。

2. 东魏武定四年（公元546年），高欢又起太行山以东全部人马，包围了西魏要地玉壁（今山西临汾西南），打算引诱宇文泰带兵前来会战。

3. 宇文泰按兵不动，只令镇守玉壁的晋州刺史韦孝宽坚守勿出。高欢全
力攻城，夜以继日。韦孝宽随机应变，防守无懈可击。

4. 玉壁城内别无水源，吃用全靠汾水。高欢在汾水上游挖堤决口，让河水改道，不使近城。

5. 韦孝宽便安排军卒、民夫在城内掘井，汲水分供全城饮用，不怕敌人断他水源。

6. 高欢在城南积土造山，要使土山高于城墙，便于攻城。

7. 玉壁城头原有两座城楼，韦孝宽命士兵缚接大木于楼顶，加高城楼。城外土山高一尺，城楼扎得比土山更高一截，矢石居高临下而发，有效地箝制了敌人。

8. 东魏占不到便宜，高欢派人遥向韦孝宽宣告说："你能扎楼上天，我
会入地攻取。"

9. 他指挥士卒，在城外挖了十条地道，通往玉壁城内。一旦地道挖通，就可攻进城去。

10. 韦孝宽十分镇定，命令士兵在城内掘了长长的壕堑。地道出头到了堑边，候在堑上的守军便冲下来，把露面的敌兵斩杀干净。

11. 再在地道口烧起柴火，丢入洞去，用皮制的风箱吹风，把火焰和黑烟灌入地道。

12. 这一来，地道成了火窟，里面的东魏士兵被烧得焦头烂额，大部分窒息而死。

13. 高欢改用攻车冲撞城墙，凡被撞到的地方，墙土层层坠落。这样撞它几天，玉壁城墙就要支离破碎，无法守御。

14. 韦孝宽命人用结实的麻布缝成大幔,悬空遮护。攻车到来,迎头将它挡住。车子有的被裹在大幔中,有的被兜底吊起,无法发挥威力。

15. 高欢忙命士兵各执竹竿，上缚松麻，灌油点火高高举起，一面焚布，一面烧楼。

16. 韦孝宽令人制作了许多长钩，钩刃磨得异常锋利。当东魏的火竿举起时，就用长钩把它钩断。

17. 竿顶熊熊燃烧的松麻火球，纷纷掉落地面，烧死烧伤了无数持竿进攻的东魏士兵。

18. 高欢又在城脚下挖了二十道长沟，强行打入梁柱，然后一齐纵火延烧。梁柱烧断，城墙就要崩塌。

19. 韦孝宽积木以待，哪里城墙坍陷，就立刻在那里竖起木栅。东魏兵仍无机可乘。

20. 城外想尽了各种办法进攻，城内针锋相对用各种巧计应付，城守巩
固，绰有余力。韦孝宽更夜出奇兵，夺占了敌人的土山。

21. 高欢无计可施，派出仓曹参军祖珽为专使，入城游说韦孝宽道："君独守孤城，终难瓦全，不如早降，可得富贵。"

22. 韦孝宽厉声答道："我城池严固，兵多粮足，攻者自劳，守者常逸，正愁你无法安返呢。孝宽堂堂关西男儿，绝不做投降将军！"

23. 祖珽只好拜别韦孝宽，出城时悄声问守卒道："韦将军身受荣禄，
甘愿以身许国；你等军民，何苦相随赴汤蹈火？"众士卒不予理睬。

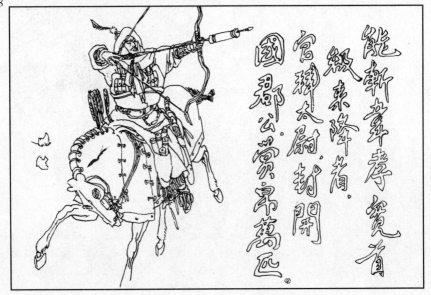

能斩韦孝宽首级来降者，官拜太尉，封开国郡公，赏帛万匹。

24. 诱降不成，东魏又将悬赏告示射入城内，上书："能斩韦孝宽首级来降者，官拜太尉，封开国郡公，赏帛万匹。"

25. 韦孝宽吩咐把这些告示搜集起来，亲自在反面写道："能斩高欢者，同此赏格。"

26. 然后把告示射回城外，刺激高欢。高欢看了，气得暴跳如雷。

27. 孝宽有个侄子韦迁居住在东魏，高欢把他抓到玉壁城下，用刀架在他脖子上，威胁韦孝宽说："如不投降，立斩不赦。"

28. 韦孝宽慷慨激昂部署守城事宜，看也不看一眼。全城士卒莫不感动，愿和韦将军一起，与城池共存亡。

29. 东魏苦攻玉壁五十天，始终不能得手，士卒战死及染瘟疫而死者约七万人，城外尸横遍野。

30. 这么多尸体没法运走，只得挖个大坑，一起埋在里面，共为一冢。

31. 面对七万人共葬一穴的大坟，高欢想不出更好的攻城办法，又愁又恨又气。他智穷力竭，发起病来。

32. 恰巧这天晚上有颗流星在东魏军营上空陨落。古时认为这是极不吉
利的预兆,将士们莫不心惊肉跳。

33. 捱了几天，高欢只得下令撤军，解围而去。这次玉壁之战，他一味强攻坚城，最后碰得头破血流，损兵折将而归。

骠骑大将军　开府仪同三司　建忠郡公

34. 韦孝宽守城有功，被西魏朝廷任命为骠骑大将军、开府仪同三司（有资格按三公成例开设府署，自选僚属），进爵为建忠郡公。

战 例　**陈泰不战屈姜维**

编文：佚　佚

绘画：王耀南　曾　江姜　苏

原　文　善用兵者，屈人之兵而非战也。

译　文　善于用兵的人，使敌军屈服而不是靠硬打。

1. 魏正始十年（公元249年）正月，司马懿发动"高平陵事变"，杀了魏大将军曹爽等人，掌握了曹魏政权。

122

2. 魏将夏侯霸曾与曹爽交好，这时深恐祸及自己，投奔蜀大将姜维。姜维将夏侯霸引见给蜀后主，建议乘魏内部不安定之时进取中原，完成统一大业，后主应允。姜维、夏侯霸遂回到汉中计议起兵。

3. 姜维先派牙门将句安、李歆到北部边界的麹山（今甘肃岷县东南）前修筑了二城。句安守东城，李歆守西城；并派遣使者与羌人联络，准备出西平，进逼雍州（治所在今西安西北）。

4. 魏征西将军郭淮得到姜维出兵的消息，与雍州刺史陈泰商议对策。陈泰说："麴山二城虽然严固，但距蜀地颇远，孤立无援，我军只要把它包围住就可以兵不血刃而拔其城。至于羌人，他们害怕姜维的劳役，未必会听命于他。"

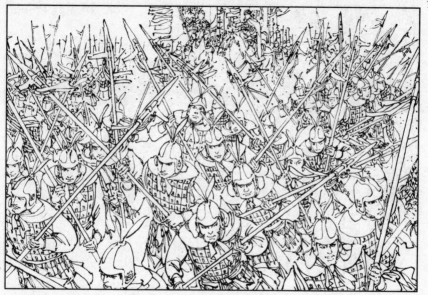

5. 郭淮用陈泰之计，派南安太守邓艾等与陈泰一起率兵将麹山二城团团
围住。

6. 陈泰派兵断了麹城通向汉中的粮道，又阻断了城外的水源，使城中蜀兵面临断粮、断水的威胁。

7. 句安、李歆出城要与陈泰决战，陈泰据险而守，不许部下迎战。句安等无计可施，只得退回城去。

8.麴城中缺粮断水，蜀兵饥渴难忍。幸亏天下雪了，蜀兵纷纷取雪化
水，勉强度日。

9. 迫于无奈，李歆只得带着几十个士兵，冲出城来，拼死杀出重围，返向汉中向姜维求援。

10. 李歆在途中遇到了姜维人马，忙将城中险情陈述了一遍。姜维说："只因为羌兵未到，所以来迟。"

11. 姜维又说："现在麴山情况危急，等羌兵赶来恐怕已来不及了。我们不如经牛头山（今甘肃陇县南）抄到雍州背后去，郭淮、陈泰必然要去救雍州，麴山之围自然可解了！"

12. 姜维率兵向牛头山进发。陈泰闻讯，说："兵法贵在不战而屈人。姜维一过牛头山，我们只要到那儿截断他的归路，他就要束手就擒了！"便遣使请郭淮进军牛头山。

13. 郭淮依计，率军向牛头山西北的洮水逼近。

14. 姜维率兵出了牛头山，陈泰带领人马截住去路。姜维挺枪纵马，直取陈泰。几个回合之后，陈泰故意败退，逃回营垒之中。

15. 陈泰率领部下据险而守，姜维无计可施，双方成对峙状态。

16. 此时，前哨来人报告姜维：郭淮已率大军从洮水出发，往牛头山而来，似欲断绝蜀军归路。

17. 姜维一声长叹，孤军深入，如后路切断，则不战自乱。他无法援救
麴城，只得传令后撤。

18. 句安一直等不到援兵，只得打开城门，献城降魏了。陈泰用计，不损兵折将，而攻下了蜀之麴山二城，并迫使姜维、夏侯霸退兵，很得司马懿的赏识。郭淮死后，由他继任征西将军，兼都督雍州一带军事。